DISCARDE

Este libro

pertenece a

_____

Léale a
su conejito

Rosemary Wells

Traducido par Susana Pasternac

Scholastic Inc.

New York • Toronto • London • Auckland • Sydney

ISBN 0-590-13003-X

12 11 10 9 8 7 6 5 4 3 2 1   9/9 0 1 2 3 4/0

First Scholastic printing, January 1999

Al leer con su niño en voz alta,
se abrirán las puertas de una verdadera
amistad. Esa tierna costumbre será
un placer para los dos y el pequeño
esfuerzo de veinte minutos diarios que
le ofrece en su niñez sembrará
la semilla de una mente inteligente
que le durará toda la vida.

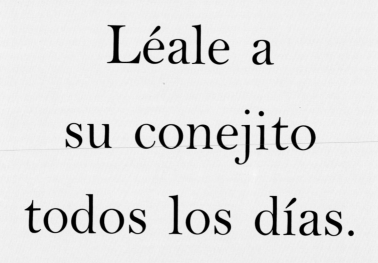

Léale a
su conejito
todos los días.

Serán veinte
minutos de
emoción.

Serán veinte

minutos de

alegría,

Veinte

minutos

bajo el sol.

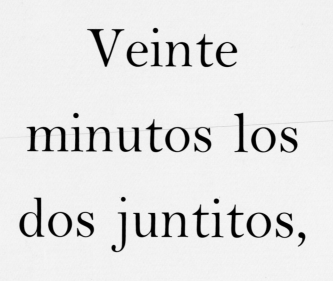

Veinte

minutos los

dos juntitos,

Veinte

minutos

de fantasía.

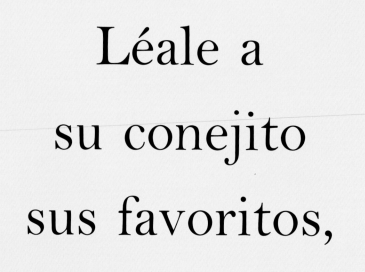

Léale a

su conejito

sus favoritos,

Y...

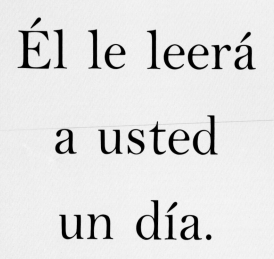

Él le leerá

a usted

un día.

NUESTROS hijos son lo que más queremos en el mundo. En sus primeros años de vida los alimentamos para que puedan crecer. Los llevamos al doctor para que tengan buena salud. Les ajustamos los cinturones en el auto para que no les ocurra nada.

Pero lo más importante en esos primeros años es el desarrollo mental y espiritual. Es entonces cuando el niño aprende a tener confianza y a querer, a hablar y a escuchar.

Después de los dos años de edad, eso es ya mucho más difícil de aprender o de enseñar. Cantar y reír, aprender a hablar y a tener confianza son las cosas más importantes en la vida de un niño.

Y también deben ser las más importantes para sus padres, porque esos años no vuelven nunca más.

Prepare todos los días durante veinte minutos un lugar tranquilo y silencioso. Siente a su niño en su regazo y léale un libro en voz alta. En las páginas del libro encontrará un pequeño mundo de intimidad e intenso amor. No cuesta nada, sólo veinte minutos diarios y una tarjeta de la biblioteca pública.

Leerle a su pequeño es como poner monedas de oro en el banco. La retribución futura será diez veces más grande. Su hija aprenderá y desarrollará su imaginación y se sentirá segura de sí misma. Su hijo prosperará y le manifestará su cariño para toda la vida.

— R.W.

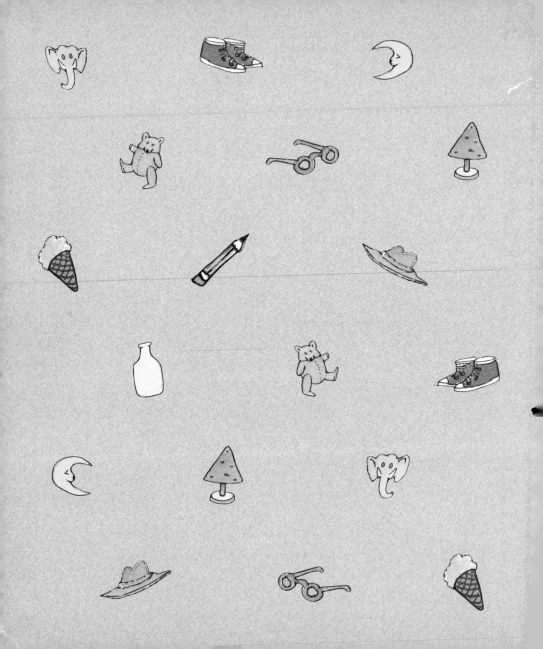